KB189484

무산 조오현曺伍鉉 시인

필명은 조오현曺伍鉉
법명은 무산霧山
법호는 만악萬嶽
자호는 설악雪嶽

Cho Oh-Hyun

東方霧山

揮毫/ 고은 시인

그림 · 휘호/ 김지하 시인

난
王鐘
스님이
좋다

二千二年
八月十三日
儋桓

그림/ 도올 김용옥

아득한 성자

무산霧山 조오현 시집

아득한 성자

Poetics 시학

■ 시인의 말

중은 끝내 부처도 깨달음까지도
내동댕이쳐야 하거늘
대명천지 밝은 날에
시집이 뭐냐.

건져도 건져 내어도
그물은 비어 있고
무수한 중생들이
빠져 죽은 장경藏經 바다
돛 내린 그 뱃머리에
졸고 앉은 사공아.

2007년 새봄
조오현 씀

차 례

■ 시인의 말

제1부 아득한 성자

제4부 망월동에 갔다 와서

제1부
아득한 성자

아득한 성자

하루라는 오늘
오늘이라는 이 하루에

뜨는 해도 다 보고
지는 해도 다 보았다고

더 이상 더 볼 것 없다고
알 까고 죽는 하루살이 떼

여든 해를 보내고도
나는 살아 있지만
그 어느 날 그 하루도 산 것 같지 않고 보면

천년을 산다고 해도
성자는
아득한 하루살이 떼

아지랑이

나아갈 길이 없다 물러설 길도 없다
둘러봐야 사방은 허공 끝없는 낭떠러지
우습다
내 평생 헤매어 찾아온 곳이 절벽이라니

끝내 삶도 죽음도 내던져야 할 이 절벽에
마냥 어지러이 떠다니는 아지랑이들
우습다
내 평생 붙잡고 살아온 것이 아지랑이더란 말이냐

허수아비

새떼가 날아가도 손 흔들어 주고
사람이 지나가도 손 흔들어 주고
남의 논일을 하면서 웃고 있는 허수아비

풍년이 드는 해나 흉년이 드는 해나
———논두렁 밟고 서면———
내 것이거나 남의 것이거나
———가을 들 바라보면———
가진 것 하나 없이도 나도 웃는 허수아비

사람들은 날더러 허수아비라 말하지만
저 멀리 바라 보고 두 팔 쫙 벌리면
모든 것 하늘까지도 한 발 안에 다 들어오는 것을

이 내 몸

남산 위에 올라가 지는 해 바라보았더니

서울은 검붉은 물거품이 부걱부걱거리는 늪

이 내 몸 그 늪의 개구리밥 한 잎에 붙은 좀거머리더라

이 세상에서 제일로 환한 웃음

지난 입춘 다음다음날 여든은 실히 들어 보이는 얼굴의 캉캉한 촌 노인이 우리 절 원통보전 축대 밑에 쭈그리고 앉아 아주 헛기침까지 해가면서 소주잔을 홀짝홀짝거리고 있었는데 그 모양을 본 노전스님이 "어르신, 여기서 술을 마시면 지옥 갑니다. 저쪽 밖으로 나가서 드십시오." 하고 안경 속의 눈을 뜨악하게 치뜨자 가뜩이나 캉캉한 얼굴을 짱땅그려 노전스님을 치어다보던 노인이 두 볼이 오므라들도록 담배를 빨더니 어칠비칠 걸어 나가면서 "요 절에도 중 냄새 안 나는 시님은 없다캐도. 내 늙어 요로코롬 시님들이 괄대할 줄 알았다캐도 고때 공비놈들이 대흥사에 불쳐지를라칼 고때 구경만 했을끼이라캐도. 쩌대는 무논에서 뼈 빠지게 일을 했다캐도 타작마당머리에서는 뼈 빠진 놈은 허접스런 쭉정이 뿐이라캐도 시님들 공부 잘 하시라고 원망 한번 안했는디 아 글쎄 공비놈들이 나타나고 전쟁이 터지자 생사生死가 똑같다카든 대흥사 시님들은 불사처不死處를 찾아 다 떠나고 절은 헌 벌집처럼 헹뎅그렁 비어 있을 고때 여름 장마에 담장과 축대가 허물어지고 총소리와 비행기 소리에 기왓장이 다 깨지고 잡초가 무성하고 빗물이 기둥과 서까래를 타고 내릴 고때 공

19

비놈들이 은신처가 되었을 고때 공비놈들이 소잡아 묵고 떠나면서 대웅전에 불을 지를라캄 고때 그 불 누가 막고 그 절 누가 지켰나캐도…. 그 절 지킨 시님 있으마 당장 나와 봐라캐도. 화재 막고 허물어진 축대 담장 쌓고 잡초 뽑아내고 농사 지어 놓으니 불사처에서 돌아와 검누렇게 뜬 낯짝 쌍판대기가 계접스러운데다 어깨와 갈빗대가 뼈 가죽을 쓰고 있는 것 같은 소작인들을 불러 놓고 절 중수한다꼬칼 고때도 낯짝만 몇 번이고 문질렀을 뿐이라캐도. 내 늙어빠져 요로코롬 시님들이 업신여기고 박절하게 괄대 천시할 줄 알았다캐도 고때 나도 불구경이나 했을끼이라캐도…."

이렇게 욕지거리를 게워 내는 것이었는데 그 욕지거리를 우리 절 일주문 밖 개살구나무가 모조리 다 빨아 먹고 신물이 들대로 다 들어 올 봄 상춘객에게 이 세상에서 제일로 환한 꽃을 보여 주었습니다. 이 세상에서 제일로 환한 웃음을 선사하였습니다.

오늘

잉어도 피라미도 다 살았던 봇도랑

맑은 물 흘러들지 않고 더러운 물만 흘러들어

기세를 잡은 미꾸라지놈들

용트림할 만한 오늘

축음기
— 일제하 어느 무명가수 생애를 떠올리며

언제부터인가 찾아오는 사람이 없다
어쩌다 늙은이들만 오랜만이라고 만져 보고 간다
내가 본
지금 나의 면목은
녹슨 축음기

산에서나 들에서나 그 어디에서나
—— 소리 듣고 ——
별이 뜨는 밤이거나 뜨지 않는 밤이거나
—— 소리 듣고 ——
날 닮은 나뭇가지들 다 휘어지고 다 부러졌지

이제 내 소리 듣고 흉내 낼 새도 없고
이제 내 소리 듣고 맛들 열매도 없다
이제는 내가 나를 멀리 내다 버릴 수밖에

숨 돌리기 위하여

땅이 걸어서 무엇을 심어도 좋은 밭
쟁기로 갈아엎고 고랑을 만들고 있다
나처럼 한물간 넝쿨은 걷어 내고

이제는 정치판도
갈아엎어야
숨 돌리기 위하여

춤 그리고 법뢰法雷

죽음이 바스락바스락 밟히는 늦가을 오후
개울물 반석에 앉아 이마를 짚어 본다
어머니 가신 후로는 듣지 못한 다듬잇소리

어미*

어미는 목매기 울음을 듣지 못한 지가 달포나 되었다. 빨리지 않은 젖통이 부어 온몸을 이루는 뼈가 자리다. 통나무 구유에 담긴 여물 풀냄새에도 구미가 당기지 않는다. 긴 널빤지를 죽죽 깔아서 놓은 마루에 갈대를 결어 만든 자리도 번듯번듯 잘 생긴 이 집 가족들도 오늘은 꺼무끄름하다. 낯설다.

다 알고 있다. 풀을 뜯어먹고 살 몸마저 빼앗겼음을, 이미 길들여지고 있음을, 다시는 만날 수 없음을, 어미가 살아온 것처럼 살아갈 것임을. 곧 어미를 잊을 것임을.

어미는 젖을 떼기도 전에 코를 꿰었다. 난생 첨으로 부르르 몸을 떨었다. 아파서만은 아니었다. 쇠똥구리 한 마리가 자기 몸 두 배나 되는 먹이를 굴리는 것을 보자 부아가 치밀었던 것이다. 어린 눈에 뿔을 갖고도

---

* 콩트시掌篇詩

25

멀뚱멀뚱 바라만 보고 있는 그 어미도 미웠다. 그러나 그 어미는 그 밤을 혀가 마르도록 온몸을 핥아 주었다. 그리고 다음날 팔려갔다.

보았다. 죽으러 가는 그 어미의 걸음걸이를, 꿈쩍 않고 버티던 그 힘 그 뒷걸음질을, 들입다 사립짝을 향해 내뻗던 뒷발질을, 동구 앞 당산 길에서 기어이 주인을 떠 박고 한달음에 되돌아와 젖을 먹여 주던 그 어미의 평생은 입에서 내는 흰 거품이었다.

이후 어미는 그 어미가 하던 일을 대물림 도맡았다. 코에는 코뚜레를, 목에는 멍에를, 등에는 걸채를 다 물려받고 다 받아들이고 다 받아들이는 것이 삶이라는 것을, 삶은 냉혹하다는 것을 알았고 앎으로 어른스러워졌다. 논밭을 갈고 바리바리 짐을 실어 나르며 몸하면 교배하고 새끼를 낳아 기르며 하 그리 고된 나날을 새김질로 흘려보냈다.

이제 어미는 주인의 잔기침 소리에도 그날 할 일을 알아차린다. 아까부터 여러모로 뜯어보던 거간꾼의 엉너릿손, 목돈을 받아 침을 뱉아가며 한 장 두 장 세는 울대뼈. 기다랗고 큼직한 궤짝에 들어갔을 목숨 값으로 눈물 많던 할멈 제삿날 조기라도 한 손 올렸으면 좋겠다.

아무짝에도 쓸모없는 뿔에 신기하게도 반쯤 이지러진 낮달 빛이 내리비치고 흰 구름이 걸린다. 다급하게 울어쌓던 매미 한 마리 허공으로 가물가물 사라지고 남쪽으로 벋은 가지에서 생감이 뚝 떨어진다. 두엄발치에 구렁이가 두꺼비를 물고 있는 것을 보고 어미는 오줌을 질금거리며 사립을 나선다. 당산 길 앞에서 그 어미가 주인을 떠 박고 헐레벌떡 뛰어와 젖을 먹여 주던 10년 전 일을 떠올리고 '음매' 하고 짐짓 머뭇거리는 순간 허공에 어른어른거리는 채찍의 그림자.

조금만 가물어도 물이 마르는 내를 건너 산모롱이를 돌아가면서 뒤를 힐끔 돌아보았지만 목매기는 보이지 않는다. 두 아이는 걸리고 한 아이는 업은 아낙이 지나간다. 맞은편 찻길 밑에 불에 타 그을리고 찌그러진 짐차, 사람들이 빙 둘러 에워싸고 있다. 농한기 산 너머 채석장에서 떠낸 석재를 싣고 읍내로 갔던 길. 하늘을 보고 땅을 보고 하루에도 몇 차례나 오갔던 길. 올 정초에는 눈이 많아 질퍼덕질퍼덕거리는 진창에 바퀴가 겉돌아 미끄러지면서 발목이 삐어 돈을 벌어들이지 못했다. 지금 다 아물었으나 큰 힘을 쓸 수 없다. 힘 없으면 돈을 벌지 못하고 돈을 벌지 못하면 죽어야 한다. 힘 없는 죄 외에는 죽을 죄가 없다. 만약 조개더라면 물 위로 떠올라 껍질을 열고 만천하에 속을 다 보여 주었을 것이다. 그 할멈은 속을 안다. 힘들거들랑 쉬어라고 멍에 목 흉터를 만져 주고 등 긁어 주던 할멈. 남몰래 밤재운 익모초 생즙을 쇠죽에 타 주고 측백나무 잎을 우려낸 술도 잡곡가루를 풀처럼 쑨 죽도 먹여 주던 할멈은 채마밭 건너 열두 배미의 논에 곱써레질을 하던 날 죽었다. 시체를 관에 넣고 관뚜껑을 덮은 뒤에야 그 사람의 진가를 안다고 할멈의 장렛날 울었던 앞뒷산 먹뻐꾸기들이 일년 내내 울어 그해 가을 그 울음을 받아먹은 텃밭의 감도 대추도 모과도 맛이 들대로 들었고 벼도 수수도 여물었고 고추도 매웠고 끝동의 오이도 대풍이 들었지만 사람도 죽는다는 것을 알고 나니 언제나처럼 마굿간이 썰렁했다. 할멈 보는 데서 고삐를 벗고 풀이 무성한 벌판을 단 한번 달려 보지 못한 것이 남아 있는 한이지만 사람도 죽는데 못 죽을 것이 없다고 할멈을 생각하는 사이, 떠밀려 도살장 안으로 성큼 들어섰고 그 꽉 막힌 그 막다른 한순간

어미는 목매기의 긴 울음소리를 아득히 듣는다.

머물고 싶었던 순간들

산과 산이 울거나 바다와 바다가 울거나
돛 달고 바람 받아서 물마루를 넘는 님인들
어쩌랴 산 속에 앉아 졸고 있는 놈인 것을

내가 나를 바라보니

무금선원에 앉아
내가 나를 바라보니

기는 벌레 한 마리
몸을 폈다 오그렸다가

온갖 것 다 갉아먹으며
배설하고
알을 슬기도 한다

석굴암 대불大佛

큰 산이 떠갑니다 동해 푸르름에
편주의 사공인 양 대불은 졸립니다
하 그리 바다가 멀어 깨실 날이 없으신 듯

허공에 던진 원념願念
해를 지어 밝혔느니
밤이면 명명한 수평 달을 건져 올립니다
진토에 뜨거운 말씀을 솔씨처럼 묻어 놓고

사모思慕의 깃털 뽑아
보내 논 갈매기는
오늘도 어느 바다 길을 잃고 도는 걸까
무량심無量心
파도로 밀려 무릎까지 오릅니다

이 소리는 몇 근이나 됩니까?

당송唐宋 2대 중 9대 문장가의 한 사람인 소동파蘇東坡는, 어느 때 승호承皓라는 큰스님이 있다는 말을 듣고, 그를 한번 점검해 보기 위해 변장을 하고 찾아간 일이 있었답니다.

승호 스님이 먼저 물었습니다.

"대관大官의 존함은 누구십니까?"

"나의 성은 칭秤가요."

"칭가라니요?"

"찬하 도인 선지식 학자의 무게를 달아보는 저울도 모릅니까?"

소동파의 오만무례한 말이 떨어지기가 무섭게 승호 스님은,

"악!"

벼락 치는 소리를 내지르고는 덤덤히,

"이 소리는 몇 근이나 됩니까?"

그 찰나 독천하 소동파가 되우 죽은 얼굴을 하고, 돌아가 대분심을 일으켜 이런 게송偈頌을 남기게 되었답니다.

산색山色은 그대로가 법신法身

물소리는 그대로가 설법說法

제2부
성팔, 토요일의 밤과 낮

성聖, 토요일의 밤과 낮

오늘은 등락의 폭이 큰 주가도
산그늘로 더금더금 길어져서 아픔을 덮어갔다
빗살 완자창 멀리 보이는 빙경氷鏡도
남의 집에 달포나 삐대고 있는
나를 받아들이고 있는데
저 나무는 뭐가 못마땅해서 잔뜩 뼈물고 있나

설악산 노염 같은 눈사태

오늘은 성 토요일
거룩한 이가 무덤 속에 머물러 있음을 기억하는 날

떠흐르는 수람收攬
— 손학규 애처 이윤영 여사에게

가을이 소나기처럼 지나간 그대 정원에
열매 하나가 세상의 맛을 한데 모아
뚝 하고 떨어지는구나
다 쭈그러든 모과 하나

2007 · 서울의 대낮

서울 신사동 사거리 먹자골목 한 담벼락에
나체 사진 한 장이 반쯤 찢어진 오늘

그래도 지구는 돈다
갈릴레오의 그 푸념

2007·서울의 밤

울지 못하는 나무 울지 못하는 새
앉아 있는 그림 한 장

아니면
얼어붙던 밤섬

그것도 아니라 하면 울음큰새 그 재채기

사랑의 물마

사랑은 잎바늘이다 원숭이 해 잎덩쿨손이다
웅문거벽雄文巨擘 아니다
곰의 쓸개도 아니다
사랑은 이자는 포기하고
원금만 받는 금리金利다

오늘의 낙죽烙竹

추석달이 떠오르면 조개는 숨을 죽이고
물 위로 떠올라서 입을 쫙 벌리고서
달빛만 받아들인다 속살을 다 내어 보이고

떡느릅나무의 달

그대는 잠자리 날개
하르르하르르한 실크치마
나는 공작문채孔雀文彩
그대 몸의 사마귀

높이 떠 멀리 비추렴
높이 떠 멀리 비추렴

쇠뿔에 걸린 어스름 달빛

어그러뜨리다 어그러뜨리다 어그러뜨리다

어스름 달밤 조개류 젓갈류 어스름 달밤 조개류 젓
갈류

그렇다 찐 음식이다 오늘 저녁 고두밥이다

주말의 낙필落筆

지난 주말 한 노인이 하룻밤 쉬어가면서
세상은
곤충의 날개 표면 부챗살처럼
뻗어 있는 줄이라 한다
뜸쑥을 낸 몸 경혈에
놓고

발그족한 배꼽

어간대청의 문답門答

오늘 아침 화곡동 미화원
김씨가 찾아와서
쇠똥구리 한 마리가
지구를 움직이는 것을 보았느냐고 묻는다

나뭇잎 다 떨어져서
춥고 배고프다 했다

궁궐의 바깥 뜰

양지 바른 언덕에 대궐로 통하는 길이 있고
탕약 짤 때 약수건을 비트는 막대기가 있다
허지만
잎담배 한 냥쫑을 파는
가게는 그곳에 없다

늘 하는 말

사랑은 넝쿨손입니다
철골 철근 콘크리트 담벼락
그 밑으로 흐르는
오염의 띠 죽음의 띠
시뻘건 쇳물
녹물을
빨아먹고 세상을 한꺼번에 다
끌어안고 사는 푸른 이파리입니다
잎덩쿨손입니다
사랑은 말이 아니라
생명의 뿌리입니다
이름 지을 수도 모양 그릴 수도 없는
마음의
잎덩쿨손입니다
떼찔레꽃 턱잎입니다
굴참나무 떡잎입니다

앵화

어린 날 내 이름은
개똥밭의 개살구나무

벌 나비 질탕한 봄도
꽃인 줄을 모르다가

담 넘어
순이 가던 날
피 붉은 줄 알았네

내 삶은 헛걸음

간혹 대낮에 몸이 흔들릴 때가 있다
땅을 짚어 봐도 그 진도는 알 수 없고
그럴 때—ㄴ 눈앞의 돌도 그냥 헛보인다

언젠가 무슨 일로 홍릉 가던 길목이었다
산 사람 큰 비석을 푸석돌로 잘못 보고
발길로 걷어차다가 다칠 뻔한 일도 있었다

또 한 번은 종로 종각 그 밑바닥에서였다
누군가 내버린 품처 없는 한 장 통문
그 막상 다 읽고 나니 내가 대역죄인 같았다

그 후론 정말이지 몸조심 한다마는
진도가 심할 때는 어쩔 수 없이 또 흔들리고
따라서 내 삶도 헛걸음 헛보고 헛딛는다

제3부
사랑의 거리

뱃사람의 말*

하늘에는 손바닥 하나 손가락은 다 문드러지고
이목구비도 없는 얼굴을 가리고서
흘리는 웃음기마저 걷어지르고 있는 거다

---

* 무자화無字話

된새바람의 말

걷어가고 있는 거다 걷어가고 있는 거다 때 아닌
저 바다의 적조赤潮, 그리고 또 포말들을
이 겨울 밤의 마적魔笛이 걷어가고 있는 거다

된마파람의 말

누가 건방지게 침묵을 하는 거다
온몸이, 마른하늘이 흔들리는 이 혼질昏窒
이 한낮 깊은 내 오수를 흐너뜨리고 있는 거다

뱃사람의 옛말

백담사 무금당 뜰에
뿌리 없는 개살구나무들

개살구나무들에는
신물이 들대로 다 들어

그 한번 내립떠보는
내 눈의 좀다래끼

된바람의 말

서울 인사동 사거리
한 그루 키 큰 무영수無影樹

뿌리는 밤하늘로
가지들은 땅으로 뻗었다

오로지 떡잎 하나로
우주를 다 덮고 있다

부처

강물도 없는 강물 흘러가게 해 놓고
강물도 없는 강물 범람하게 해 놓고
강물도 없는 강물에 떠내려가는 뗏목다리

바위 소리

무심한 한 덩이 바위도
바위 소리 들을라치면

들어도 들어 올려도
끝내 들리지 않아야

그 물론 검버섯 같은 것이
거뭇거뭇 피어나야

고목 소리

한 그루 늙은 나무도
고목 소리 들을라면

속은 으레껏 썩고
곧은 가지들은 다 부러져야

그 물론 굽은 등걸에
장독杖毒들도 남아 있어야

몰현금沒絃琴 한 줄

사내라고 다 장부 아니여
장부 소리 들을라면

몸은 들지 못해도
마음 하나는
다 놓았다 다 들어 올려야

그 물론
몰현금 한 줄은
그냥 탈 줄 알아야

시간론論

여자라고 다 여자 아니여
여자 소리 들을라면

언제 어디서 봐도
거문고 줄 같아야

그 물론
진겁塵劫 다 하도록
기다리는 사람 있어야

사랑의 거리

사랑도 사랑 나름이지
정녕 사랑을 한다면

연연한 여울목에
돌다리 하나는 놓아야

그 물론 만나는 거리도
이승 저승쯤 되어야

취모검吹毛劍 날 끝에서

놈이라고 다 중놈이냐
중놈 소리 들을라면

취모검 날 끝에서
그 몇 번은 죽어야

그 물론 손발톱 눈썹도
짓물러 다 빠져야

말

세상을 산다고 하면
부황이라도 좀 들어야

장판지 아니라도
들기름은 거듭 먹여야

그 물론 담장 밖으로
내놓을 말도 좀 있어야

마음 하나

그 옛날 천하장수가
천하를 다 들었다 놓아도

한 티끌 겨자씨보다
어쩌면 더 작을

그 마음 하나는 끝내
들지도 놓지도 못했다더라

빛의 파문

하늘도 없는 하늘 말문을 닫아 놓고
빗돌에서 걸어 나와 오늘 아침 죽은 남자
여자도 죽은 저 여자도 빗돌에서 나왔는가

파아란 빛깔이다 노오란 빛깔이다
빠알간 빛깔이다 시커먼 빛깔이다
보석도 천 개의 보석도 놓지 못할 빛깔이다

무수한 죽음 속에 빛깔들이 가고 있다
삶이 따라가면 까무러치게 하는 그것,
내 잠을 빼앗고 사는 유령, 유령들이다

침목枕木

아무리 어두운 세상을 만나 억눌려 산다 해도
쓸모없을 때는 버림을 받을지라도
나 또한 긴 역사의 궤도를 바친
한 토막 침목인 것을, 연대인 것을

영원한 고향으로 끝내 남아 있어야 할
태백산 기슭에서 썩어가는 그루터기여
사는 날 지축이 흔들리는 진동도 있는 것을

보아라, 살기 위하여 다만 살기 위하여
얼마만큼 진실했던 뼈들이 부러졌는가를
얼마나 많은 사람들이 파묻혀 사는가를

비록 그게 군림에 의한 노역일지라도
자칫 붕괴할 것만 같은 내려앉은 이 지반을
끝끝내 받쳐 온 이 있어
하늘이 있는 것을, 역사가 있는 것을

비슬산 가는 길

비슬산 굽잇길을 누가 돌아가는 걸까
나무들 세월 벗고 구름 비껴 섰는 골을
푸드득 하늘 가르며 까투리가 나는 걸까

거문고 줄 아니어도 밟고 가면 운韻 들릴까
끊일 듯 이어진 길 이어질 듯 끊인 연緣을
싸락눈 매운 향기가 옷자락에 지는 걸까

절은 또 먹물 입고 눈을 감고 앉았을까
만첩첩萬疊疊 두루 적막寂寞 비워 둬도 좋을 것을
지금쯤 멧새 한 마리 깃 떨구고 가는 걸까

한등寒燈
— 정완영 선생

감감히 뻗어간 황학黃嶽
하늘 밖에 가 잠기고

금릉 빈 들녘에
흩어진 갈대바람

구만리
달 돋는 밤은
한등 하나 타더이다

적멸을 위하여

삶의 즐거움 모르는 놈이
죽음의 즐거움을 알겠느냐

어차피 한 마리
기는 벌레가 아니더냐

이 다음 숲에서 사는
새의 먹이로 가야겠다

제4부
망월동에 갔다 와서

할미꽃

이른 봄 양지 밭에 나물 캐던 울 어머니
곱다시 다듬어도 검은 머리 희시더니
이제는 한 줌의 흙으로 돌아가 서러움도 잠드시고

이 봄 다 가도록 기다림에 지친 삶을
삼삼히 눈감으면 떠오르는 임의 얼굴
그 모정 잊었던 날의 아, 허리 굽은 꽃이여

하늘 아래 손을 모아 씨앗처럼 받은 가난
긴긴날 배고픈들 그게 무슨 죄입니까
적막산 돌아온 봄을 고개 숙는 할미꽃

오누이

어린 오누이가 오솔길을 탈래탈래 걸어간다
이 마을, 잎겨드랑이에 담홍색으로 핀 꽃 같다
이슬이 마르지 않은 이른 아침에

파도

밤늦도록 불경을 보다가
밤하늘을 바라보다가

먼 바다 울음소리를
홀로 듣노라면

천경千經 그 만론萬論이 모두
바람에 이는 파도란다

저물어가는 풍경

울고 가는 거냐 웃고 가는 거냐
갈대 숲 기러기들 떼 지어 날고 있다
하늘도 가을 하늘은 강물에 목이 잠겨 있다

어스름이 내릴 때

그곳에 가면 할아버지 손주 사랑이 탱자로 익고 있다
할머니 손주 사랑이 고추장으로 맛들고 있다
내 오늘 나들잇길에서 아침뜸*을 보고 있다

* 아침뜸 : 해풍과 육풍이 바뀔 때 한동안 바람이 자는 현상.

숲

그렇게 살고 있다 그렇게들 살아가고 있다
산은 골을 만들어 물을 흐르게 하고
나무는 겉껍질 속에 벌레들을 기르며

망월동에 갔다 와서

지난날 무슨 일로 광주까지 갔다가
돌아오는 길에 망월동에 처음 가 보았다
그 정말 하늘도 땅도 바라볼 수 없었다

망월동에서는 아무것도 보이지 않아
망월동에서는 묵념도 안 했는데
그 진작 망월동에서는 못 본 것이 보여

죽을 일이 있을 때는 죽은 듯이 살아온 놈
목숨이 남았다 해서 살았다고 할 수 있나
내 지금 살아 있음이 욕으로만 보여

인천만 낙조

그날 저녁은 유별나게 물이 붉다붉다 싶더니만
밀물 때나 썰물 때나 파도 위에 떠 살던
그 늙은 어부가 그만 다음날은 보이지 않데

죄와 벌

우리 절 밭두렁에
벼락 맞은 대추나무

무슨 죄가 많았을까
벼락 맞을 놈은 난데

오늘도 이런 생각에
하루해를 보냅니다

내 울음소리

한나절은 숲 속에서
새 울음소리를 듣고

반나절은 바닷가에서
해조음 소리를 듣습니다

언제쯤 내 울음소리를
내가 듣게 되겠습니까

새싹

하늘이 숨 돌린 자리 다시 뜨는 눈빛입니다
별빛이 흘겨본 자리 되살아난 불똥입니다
마침내 오월 초록은 출렁이는 파도입니다

봄의 불식不識

이 몸 사타구니에 내돋친 붉은 발진
그로 인하여 짓물러 다 빠진 어금니
내 불식 하늘 가장자리 아, 황홀한 육탈肉脫이여

봄의 역사

내 말을 잘라 버린 그 설도舌刀, 참마검斬馬劍도
내 넋을 다 앗아간 그 요염한 독버섯도
젠장할 봄날 밤에는 꽃망울을 맺더라

봄의 소요

목마르다 목마르다 꽃의 내분비에도
해마다 봄이 오면 잦아지는 내 목숨의 조고凋枯
올해도 한바탕 소요로 꽃은 올 모양이다

살갖만 살았더라

살갖만 살았더라
우리네 삶 끝까지 가 봐도

속살 깊이 울던 울음도
먹피로 삭아 버리고

살갖만 살갖끼리만 어떤,
세포 속에 살더라

살갖만 살았더라!
살갖만 살았더라!

일러준 이 일구—句의
그 낙처落處*를 누가 보나

눈뜨고 곤장 삼백 대를
내가 도로 맞았도다

---
* 낙처落處 : 기착점. 요지

내가 쓴 서체를 보니

지난날 내가 쓴 반흘림 서체를 보니
적당히 살아온 무슨 죄적만 같구나
붓대를 던져 버리고
잠이나 잘 걸 그랬던가

이날토록 아린 가슴을 갈아 놓은 피의 먹물
만지滿紙, 하늘 펼쳐 놓자 역천逆天인가 온몸이 떨려
바로 쓴 생각조차도 짓이기고 말다니!

별경別境

받아들이고 있다 받아들이고 있다 가을 하늘은
밀물과 썰물 사이 너울을 부서뜨리며
그 바다 금린金鱗들만을 받아들이고 있다
가을 하늘은 무슨 말로도 말할 수 없다
가을 하늘은 무슨 말로도 말할 수 없다
이 가을 햇볕을 일며 태금汰金하는 새여, 새여

달마 達摩

서역 다 줘도 쳐다보지도 않고
그 오랜 화적질로 독살림을 하던 자가
이 세상 파장머리에 한 물건을 내놓았네

제5부
산창을 열면

산에 사는 날에

나이는 뉘엿뉘엿한 해가 되었고
생각도 구부러진 등골뼈로 다 드러났으니
오늘은 젖비듬히 선 등걸을 짚어 본다

그제는 한천사 한천스님을 찾아가서
무슨 재미로 사느냐고 물어보았다
말로는 말 다할 수 없으니 운판 한번 쳐 보라, 했다

이제는 정말이지 산에 사는 날에
하루는 풀벌레로 울고 하루는 풀꽃으로 웃고
그리고 흐름을 다한 흐름이나 볼 일이다

들오리와 그림자

해장사 해장스님께
산일 안부를 물었더니

어제는 서별당 연못에
들오리가 놀다 가고

오늘은 산수유 그림자만
잠겨 있다, 하십니다

무설설無說設

강원도 어성전 옹장이
김 영감 장렛날

상제도 복인도 없었는데요 30년 전에 죽은 그의 부
인 머리 풀고 상여 잡고 곡하기를 "보이소 보이소 불길
같은 노염이라도 날 주고 가소 날 주고 가소." 했다는
데요 죽은 김 영감 답하기를 "내 노염은 옹기로 옹기로
다 만들었다 다 만들었다." 했다는 소문이 있었는데요

사실은
그날 상두꾼들
소리였데요

업業아, 네 집에 불났다

　우리 절 늙은 부목처사는 언제나처럼 새벽 예불이 끝날 무렵이면 사지가 다 부러지는 뼈마디 소리를 내며 일어나 그 큰 승방의 아궁이 앞에 쭈그리고 앉아 군불을 때는데,

　"간밤에 주지시님이 또 외박을 하셨나. 와 인기척이 없뇨?"

하고 자문자답을 하는 날은 해종일 도량 구석구석 비질을 하면서,

　"양산 통도사 그 극락교 그 돌다리, 장골 열 사람의 목도로도 움직이지 못하는 그 큰 돌덩어리 누가 들어다 놓았는지 아는 사람 있능교? 울 할아버지가 익산 미륵사지에서 혼자 야밤중에 들어다 놓았니더. 밀양 표충사 대웅전 대들보는 또 누가 짊어지고 왔능교? 울 아부지가 짊어지고 왔니더. 그 대들보 짊어지고 오시다가 허리뼈가 부러져 아니 지게가지가 부러져 그날로 시름시름 앓다가 운명했니더. 운명하실 때 나무껍질 같은 손으로 날 부둥켜안고 '시님들 말씀 잘 듣거라이. 배고프

98

면 송기 벗겨 먹으면 배부르다이.' 하고 갔니더. 시체를 가마니 뙈기에 돌돌 말아 다비장의 장작더미 속에 넣고 성냥을 드윽 그어 불을 지핀 주지시님이 '업아 네 집에 불났다! 업아 네 집에 불났다! 어서 나오너라.' 하고 고래고래 소리쳤을 때 불덩어리가 된 장작더미가 몇 번이나 꿈틀거렸니더. 암 꿈틀거리고말고. 울 아부지 울 할아버지 닮아 힘이 천하장사였거든요. 밥 열 그릇으로도 배가 차지 않았지만 행여 시님들이 밥 많이 먹는다고 쫓아낼까 싶어 언제나 물로 배를 채웠니더. 요즘은 밥도 많은데 그때는 와 밥이 없었능교? 그러나 저러나 주지시님이 와 아직 안 돌아오시뇨? 어디 편찮으신가."

이렇게 구시렁구시렁거립니다. 절간 이야기라는 것이 꺼내어 놓고 나면 공연히 세상만 캉캉해질 뿐 별다른 화제거리가 없습니다.

재 한 줌

양산 통도사 영축산 다비장에서
오랜 도반을 한 줌 재로 흩뿌리고
누군가 훌쩍거리는 그 울음도 날려 보냈다

거기, 길가에 버려진 듯 누운 부도浮屠
돌에도 숨결이 있어 검버섯이 돋아났나
한참을 들여다보다가 그대로 내려왔다

언젠가 내 가고 나면 무엇이 남을 건가
어느 숲 눈먼 뻐꾸기 슬픔이라도 자아낼까
곰곰이 뒤돌아보니 내가 뿌린 재 한 줌뿐이네

고향당 하루

하늘빛 들이비치는 고향당 누마루에
대오리로 엮어 만든 발을 드리우니
오늘 이 하루도 그냥 어른어른거린다

비스듬히 걸린 벽화, 신선도 한 폭
늙은 사공은 노도櫓棹를 놓고 어주魚舟와 같이 흐르고
나는 또 어느 사이에 낙조가 되었다

신사와 갈매기

어제 그끄저께 일입니다. 뭐 학체 선풍도골仙風道骨은 아니었지만 제법 곱게 늙은 어떤 초로의 신사 한 사람이 낙산사 의상대 그 깎아지른 절벽 그 백척간두의 맨 끄트머리 바위에 걸터앉아 천연덕스럽게 진종일 동해의 파도와 물빛을 바라보고 있기에,

"노인장은 어디서 왔습니까?"

하고 물었더니,

"아침나절에 갈매기 두 마리가 저 수평선 너머로 가물가물 날아가는 것을 분명히 보았는데 여태 돌아오지 않는군요."

하고 혼잣말로 중얼거리는 것이었습니다. 그런데 그 다음날도 초로의 그 신사는 역시 그 자리에서 그 자세로 앉아 있기에,

"아직도 갈매기 두 마리가 돌아오지 않았습니까?"

했더니,

"어제는 바다가 울었는데 오늘은 바다가 울지 않는군요."

하는 것이었습니다.

백장과 들오리

스승(마조馬祖)과 제자(백장百丈)가 해 저문 강기슭
길을 묵묵히 걷고 있을 때 한 무리 들오리 떼가 울며
저녁노을이 붉게 물든 서천으로 줄을 지어 날아가고
있었습니다. 문득 스승이 제자에게 물었습니다.

"저게 무슨 소리냐?"

"들오리 떼 울음소립니다."

한동안 말없이 걷던 스승이 다시 물었습니다.

"그 들오리 떼 울음소리가 어디로 갔느냐?"

"멀리 서쪽으로 날아가 버렸습니다."

이 대답이 떨어지자마자 스승은 제자의 코를 잡고 힘
껏 비틀었는데 얼떨결에 당한 제자가 "아야! 아야!" 하
고 비명을 내지르자 스승은 벽력같은 호통을 내리쳤습
니다.

"날아갔다더니 여기 있지 않느냐?"

언젠가 이 이야기를 듣고 통도사 경봉노사鏡鋒老師에
게 "들오리 떼는 분명히 날아갔는데 스승이 왜 여기 있
지 않느냐고 호통을 쳤습니까?"

하고 물었더니 경봉노사는 이렇게 혀를 차시는 것이었

습니다.

　"니가 공부꾼 같으마 들오리 떼 울음이 강물에 남아있다카겠으나 니는 공부꾼이 아니니 저 아래 돌다리 밑으로 떠내려가는 부처를 보고 오너라. 니가 보고 듣는 세계도 무진장하지만 니가 보지도 듣지도 못하는 세계도 무진장하다카는 것을 알고 싶으마… 쯧. 쯧. 쯧."

다람쥐와 흰 고무신

아득한 옛날의 무슨 전설이나 일화가 아니라 요 근년에 비구니스님들이 모여 공부하는 암자에서 일어난 사건입니다. 물론 숲 속에 파묻힌 돌담 주춧돌도 천년 고탑도 비스듬한 그 암자의 마당에 들어서면 물소리가 밟히고 먹뻐꾹 울음소리가 옷자락에 배어드는 심산의 암자이지요. 그 암자의 마당 끝 계류가에는 생남불공生男佛供 왔던 아낙네들이 코를 뜯어먹어 콧잔등이 반만큼 떨어져나간 그래서 웃을 때는 우는 것 같고 정작 울 때는 웃는 것 같은 석불도 있지요. 어떻게 보면 암자가 없었으면 좋을 뻔했던 그 두루적막 속에서 20년을 살았다는 노비구니스님이 그해 늦가을 그 석불 곁에 서서 물에 떠내려가는 자기의 그림자를 붙잡고 있을 때 다람쥐 두 마리가 도토리를 물고 돌담 속으로 뻔질나게 들락거리는 것을 보게 되었지요. "옳거니! 돌담 속에는 도토리가 많겠구나. 묵을 해 부처님께 공양 올리고 먹어야지. 나무아미타불." 이렇게 중얼거린 노비구니스님이 돌담을 허물어뜨리고 보니 과연 그 속에는 도토리가 한 가마는 좋게 나왔지요. 그런데 그 한 가마나 되는 도토리를 몽땅 꺼내어 묵을 해 먹었던 다음날 아침에 보니 그놈의 다람쥐 두 마리가 노비구니스님 흰 고무신을 뜯어먹고 있었답니다. 그 흰 고무신을 뜯어먹다가 죽었답니다.

절간 청개구리

어느 날 아침 게으른 세수를 하고 대야의 물을 버리기 위해 담장가로 갔더니 때마침 풀섶에 앉았던 청개구리 한 마리가 화들짝 놀라 담장 높이만큼이나 폴짝 뛰어오르더니 거기 담쟁이덩쿨에 살푼 앉는가 했더니 어느 사이 미끄러지듯 잎 뒤에 바짝 엎드려 숨을 할딱거리는 것을 보고 그놈 참 신기하다 참 신기하다 감탄을 연거푸 했지만 그놈 청개구리를 제題하여 시조 한수를 지어 볼려고 며칠을 끙끙거렸지만 끝내 짓지 못하였습니다. 그놈 청개구리 한 마리의 삶을 이 세상 그 어떤 언어로도 몇 겁劫을 두고 찬미할지라도 다 찬미 할 수 없음을 어렴풋이나마 느꼈습니다.

일색과후 一色過後*

나이는 열두 살
이름은 행자

한나절은 디딜방아 찧고
반나절은 장작 패고……

때때로 숲에 숨었을
새 울음소리 듣는 일이었다

그로부터 10년 20년
40년이 지난 오늘

산에 살면서

---

* 모든 대립을 초월하고 차별을 떠난 일체 평등의 궁극의 세계. 한 뿌리의
풀, 한 송이의 꽃 무엇을 보아도 중도中道의 이치를 나타내지 않은 것이 없
으며, 무엇을 보아도 부처가 아닌 것이 없는 세계. 깨달음까지도 버린 무작
묘용無作妙用의 세계. 여기서는 오욕락으로 가득찬 현실에 젖었다가 청정
한 본래의 자리로 돌아온 것.

산도 못 보고

새 울음소리는커녕
내 울음도 못 듣는다

산창을 열면

화엄경 펼쳐 놓고 산창을 열면
이름 모를 온갖 새들 이미 다 읽었다고
이 나무 저 나무 사이로 포롱포롱 날고······

풀잎은 풀잎으로 풀벌레는 풀벌레로
크고 작은 푸나무들 크고 작은 산들 짐승들
하늘 땅 이 모든 것들 이 모든 생명들이······

하나로 어우러지고 하나로 어우러져
몸을 다 드러내고 나타내 다 보이며
저마다 머금은 빛을 서로 비춰 주나니······

염장이와 선사

어느 신도님 부음을 받고 문상을 가니 때마침 늙은 염장이가 염습殮襲을 하고 있었는데 그 염습하는 모양이 얼마나 지극한지 마치 어진 의원이 환자를 진맥하듯 시신屍身 어느 한 부분도 소홀함이 없었고, 염을 다 마치고는 마지막 포옹이라도 하고 싶다는 눈길을 주고도 모자라 시취屍臭까지 맡아 보고서야 관뚜껑을 덮는 것이었습니다.

사실 오늘 아침 한솥밥을 먹은 가족이라도 죽으면 시체라 하고 시체라는 말만 들어도 섬찍지근 소름이 끼쳐 곁에 가기를 싫어하는데 생전에 일면식도 없는 생면부지의 타인, 그것도 다 늙고 병들어 죽어 시충屍蟲까지 나오는 시신을 그렇게 정성을 다하는 염장이는 처음 보았기에 이제 상제와 복인들에게 인사를 하고 돌아가는 염장이에게 한마디 말을 건네 보았습니다.

"처사님은 염을 하신 지 몇 해나 되셨는지요?"

"서른둘에 시작했으니 한 40년 되어 갑니더."

"그러시면 많은 사람의 염을 하신 것 같으신데 다른 사람의 염도 오늘처럼 정성을 다 하십니까?"

"별 말씀을 다 하시니⋯. 산 사람은 구별이 있지만서도 시신은 남녀노소 쇠붙이 다를 것이 없니다. 내 소시에는 돈 땜에 이 짓을 했지만서도 이 짓도 한 해에 몇백 명 하다 보니 남모를 정이 들었다 할까유. 정이⋯⋯. 사람들은 시신을 무섭다고 하지만 나는 외려 산 사람이 무섭지 시신을 대하면 내 가족 같기도 하고 어떤 때는 내 자신의 시신을 보는 듯해서⋯⋯"

이쯤에서 실없는 소리 그만하고 갈 길을 그만 가야겠다는 표정이더니 대뜸,

"내 기왕 말씀이 나온 김이니 시님에게 한 말씀 물어봅시더. 이 짓도 하다 보니 시님들도 많이 만나게 되는데, 어떤 시님은 사람 육신을 피고름을 담은 가죽 푸대니, 가죽 주머니니, 욕망 덩어리라 이것을 버렸으니 물에 잠긴 달그림자처럼 영가靈駕는 걸림이 없어 좋겠다고 하시기도 하고, 어떤 시님은 허깨비 같은 빈 몸이 곧 법신法身이라 했던가유? 그렇게 하고, 또 어떤 시님은 왕생극락을 기원하며 염불만 하시는 시님도 있고⋯. 아무튼 시님들 법문도 각각인데 그것은 그만두시고요. 참

말로 사람이 죽으면 극락지옥이 있습니꺼?"

흔히 듣는 질문이요 신도들 앞에서도 곧잘 해왔던 질
문을 받았지만 이 무구한 염장이 물음 앞에는 그만 은
산철벽을 만난 듯 동서불명東西不明이 되고 말았는데,
염장이는 오히려 공연한 말을 했다는 듯,

"염을 하다 보면 말씀인데유. 이 시신의 혼백은 극락
을 갔겠다 저 혼백은 지옥에 갔겠다 이런 느낌이 들 때
도 더러 있어 그냥 해본 소리니더. 이것도 넋빠진 소리
입니더만 분명한 것은 처음 보는 시신이지만 그 시신을
대하면 이 사람은 청검하게 살다가 마 살았겠다 이 노
인은 후덕하게 또는 남 못할 짓만 골라서 하다가 이 시
신은 고생만 하다가 또는 누명 같은 것을 못 벗고… 그
머라하지유? 느낌이랄까유? 그, 그 사람이 살아온 흔
적 같은 것이 시신에 남아 있거든요?"

하고는 더 말을 하지 않을 듯 딸막딸막하더니, 당신의
그 노기老氣로 상대가 더 듣고 싶어 하는 마음을 읽었
음인지,

"극락을 갔겠다는 느낌이 드는 시신은 대강대강해도

113

맘에 걸리지 않지만 그렇지 않은 죄가 많아 보이는 시신을 대하면 자신이 죄를 지은 것처럼 눈시울이 뜨뜻해지니더. 정이니더, 옛사람 말씀에 사람은 죽을 때는 그 말이 선해지고 새도 죽을 때는 그 울음이 애처롭다 했다니더. 죽을 때는 누구나 다 선해지니더⋯⋯. 이렇게 갈 것을 그렇게 살았나? 하고 한번 물어보면 영감님 억천 년이나 살 것 같아서, 가족들 기쁘게 해주고 싶어서 한번 잘 살아 보고 싶어서 그랬니더. 너무 사람 울리시면 내 화를 내고 울화통 터져 눈 못 감고 갑니더. 이런 대답을 들으니 아무리 인정머리 없는 염쟁이지만 정이 안 들겠니꺼? 그 돌쟁이도 먹 놓고 징 먹일 때는 자기의 혼을 넣고⋯ 땜쟁이도 그렇다 하는데 오늘 아침 숨을 같이 쉬고 했던 사람이 마지막 가는데유⋯⋯. 아무런들 이 짓도 정이 없으면 못해 먹을 것인데 그렇듯 시신과 정을 나누다가 보면 어느 사이 그 시신 언저리에 남아 있던 삶의 때라 할까유? 뭐 그런 것이 걷히고 비로소 내 마음도 편안해지거든요. 결국은 내 마음 편안할려고 하는 짓이면서도 남 눈에는 시신을 위하는 것이 풍기니 나도 아직….”

하고는 잠시 나를 이윽히 바라보더니,

　“시님도 다 아시는 일을 말했니더. 나도 어릴 때 뒷절 노시님이 중될 팔자라 했는데 시님들 말씀과 같이 업業이라는 것이 남아 있어서…. 이제 나도 갈 일만 남은 시신입니더.”

　이렇게 말끝을 흐리는 것이었습니다.

물 속에 잠긴 달 바라볼 수는 있어도

그날 밤 대중들이 잠이 들어 달빛을 받은 나뭇가지들이 산방 창호지 흰 살결에 얼룩덜룩한 그림을 그리고 있을 때 김행자는 '본래면목本來面目*이란 어떤 물건인가?' 라는 의문 때문에 잠이 오지 않아 마당으로 나왔지요. 땅바닥에 무릎까지 쌓인 풍경 소리를 한동안 밟다가 거기 보타전 맞은편 관음지觀音池 둑에 웬 낯선 사내가 두 무릎을 싸안고 앉아 있는 것을 보았지요. '이 밤중에?' 김행자는 머리끝이 쭈뼛쭈뼛 곤두섰지만 무엇에 이끌리듯 사내의 등 뒤에 가 서서 사내의 동정을 살피고 있었지요. 그런데 그 사내는 인기척을 느꼈는지 못 느꼈는지 괴이적적한 수면에 떠오른 달그림자만 뚫어지게 바라보고 있을 뿐 마치 무슨 짐을 몽뚱그려 놓은 것처럼 미동도 없었지요. 마침내 달이 기울면서 자기 그림자를 거두어 가고 관음지에 흐릿한 안개비가 풀어져 내리자 사내는 늙은이처럼 시시부지 일어나

---

* 본래면목本來面目: 본래의 얼굴모양이란 뜻으로, 본래 자기를 가리킴. 인간의 진실된 모습.

며 '그것 참… 물 속에 잠긴 달은 바라볼 수는 있어도 끝내 건져낼 수는 없는 노릇이구먼….' 하고 수척한 얼굴을 문지르며 흐느적흐느적 산문 밖으로 걸어 나가는 것을 다음날 새벽녘에 보았지요.

스님과 대장장이

하루는 천은사 가옹스님이 우거寓居에 들러,

"내가 젊었을 때 전라도 땅 고창읍내 쇠전거리에서 탁발을 하다가 세월을 담금질하는 한 늙은 대장장이를 만난 일이 있었어. 그때 '돈벌이가 좀 되십니까?' 하고 물었는데 그 늙은 대장장이는 사람을 한 번 치어다 보지도 않고 '어제는 모인某人이 와서 연장을 벼리어 갔고 오늘은 대정大釘을 몇 개 팔고 보시다시피 가마를 때우고 있네요.' 한다 말이야. 그래서 더 묻지를 못하고 떠났다가 그 며칠 후 찾아가서 또다시 '돈벌이가 좀 되십니까?' 하고 물었지. 그러자 그 늙은 대장장이는 '3대째 전승해 온 가업家業이라…….' 하더니 '젠장할! 망처기일亡妻忌日을 잊다니!' 이렇게 퉁명스레 내뱉고 그만 불덩어리를 들입다 두들겨 패는 거야." 하고는 밖으로 나가 망망연히 먼 산을 바라보고 서 있기에,

"어디로 가실 생각입니까?"

하고 물었더니 가옹스님은

"그 늙은 대장장이가 보고 싶다 말이다."

하는 것이었습니다.

불국사가 나를 따라와서

경주 불국사 참배를 하고 동해안을 찾았더니 천년고
찰 불국사가 나를 따라와서 거기 망망한 바다에 떠 흐
르고 있었습니다.

천년고찰 불국사가 흐르는 바다 속에는 떠 흐르는
불국사 그림자가 얼비치고 있었는데, 얼비치는 불국사
그림자 속에는 마니보장전摩尼寶藏殿 그림자가 얼비치고
얼비치는 마니보장전 그림자 속에는 법계法界 허공계虛
空界 그림자가 얼비치고 얼비치는 법계 허공계 그림자
속에는 축생계 광명光明 그림자가 얼비치고 얼비치는
축생계 광명 그림자 속에는 천상계天上界 암흑暗黑 그림
자가 얼비치고 얼비치는 천상계 암흑 그림자 속에는 욕
계欲界 미진微塵 그림자가 얼비치고 얼비치는 욕계 미진
그림자 속에는 염부단금閻浮檀金 연잎이 얼비치고 얼비
치는 염부단금 연잎 그림자 속에는 인다라망因陀羅網이
얼비치고 얼비치는 인다라망 그림자 속에는 천년 세월
그림자가 얼비치고 얼비치는 천년 세월 그림자 속에는

석가탑釋迦塔이 얼비치고 얼비치는 석가탑 그림자 속에
는 비련悲戀의 연지蓮池가 얼비치고 얼비치는 비련의 연
지 그림자 속에는 아사달阿斯達 아사녀阿斯女 그림자가
얼비치고 얼비치는 아사달 아사녀 그림자 속에는 그림
자마다 각각 다른 그림자의 그림자가 나타나 서로 비추
고 있어 그것들은 아승지겁阿僧祇劫을 두고 말할지라도
다 말할 수 없는 그 모든 그림자들을 내 그림자가 다
거두어들이고 있었습니다.

경주 불국사 참배를 하고 동해안을 찾았더니 천년고
찰 불국사가 나를 따라와서 거기 망망한 바다에 떠 흐
르고 있었습니다.

자갈치 아즈매와 갈매기

사내대장부 평생을 옷 한 벌과 지팡이 하나로 살았던 설봉雪峰 스님은 말년에 부산 범어사에 주석했는데 그 무렵 곡기를 끊고 곡차를 즐겼지요.

그날도 자갈치 그 어시장 그 많은 사람사람 사투리 사투리 물비린내물비린내 이것들을 질척질척 밟고 걸어 들어가니, 생선 좌판 위에 등이 두툼한 칼로 생태를 토막 내고 있던 눈이 빠꼼한 늙은 '아즈매 보살'이 무르팍을 짚고 꾸부정한 허리를 펴며 뻐드렁니 하나를 내어 놓았지요.

"요새 시님 코빼기도 본 사람 없다캐싸서 그마 시상 살기 싫다캐서 열반에 드셨나 했다캐도요. 오래 사니 또 보겠다캐도……."

이러고는 바짝 마른 스님의 손목을 거머잡는가 싶더니 치마 끝으로 눈꼽을 닦아내고, 전대에서 돈 오천 원을 꺼내어 곡차 값으로 꼭 쥐어 주고, 이번에는 빠닥빠닥한 일만 원권 한 장을 흰 봉투에 담아 주머니에 넣어 주면서,

"둘째 미누리 아아가 여태 태기가 없다캐도…… 잠이

안 온다캐도요. 둘째놈 제대 만기제대하고 취직하마 시
님 은공 갚을끼라캐도요. 그마 시님이 곡차 한 잔 자시
고요. 칠성님께 달덩이 머스마 하나 점지하라카소. 약
소하다캐도 행편 안 그렁교?"
하고 빠꼼빠꼼 스님을 쳐다보자, 스님은 흰 봉투 속을
들여다보고는 선화禪話 하나를 만들었지요.

"아즈매 보살! 요새 송아지 새끼 한 마리 값이 얼마
인 줄 알고 캅니꺼? 모르고 캅니꺼? 도야지 새끼도 물
좋은 놈은 몇만 원 한다카는데에 이것 가지고 머스마
값이 되겠니꺼?"

그러자 그 맞은편 좌판 앞에서 물오징어를 팔고 있
던 젊은 아즈매 보살이 쿡쿡 웃음을 참다못해 밑이 추
지도록 웃고 말았는데, 때마침 먹이를 찾아왔던 갈매기
한 마리가 그 웃음소리를 듣고 멀리 바다로 날라 갔는
데, 그 소문을 얼마나 퍼뜨렸는지……

그 후 몇 해가 지나 설봉스님 장례식 때는 부산 앞바
다 그 수백 마리의 갈매기들이 모여들어서 아즈매 보
살들의 울음소리를 흑흑흑…… 흉내를 내다가 눈물 뜸
뜸 떨구었지요.

새벽 종치기

　우리 절 종두鐘頭는 매일같이 새벽 3시만 되면 천근
이나 되는 대종을 울리는데 한번은 "새벽 찬바람이 건
강에 해롭다 하니 다른 소임을 맡는 것이 어떻겠느냐?"
고 물어보니 "안됩니다. 노덕老德스님 열반종涅槃鍾도
저가 칠 것입니다. 20여 년 전 조실祖室스님 종성도 저
가 했는데 그 종소리 흐름이 얼마나 맑고 크고 길었는
지……. 그 종성 듣고 울지 않는 사람이 없었습니다. 한
데 그날 이후 이날까지 그 소리 한번도 못 들었습니다.
그날보다 더 조심을 해도 그 소리가 나오지 않는 것을
보니 종도 뭘 아는가 모르지만 노덕스님 열반에 드시면
그 소리 나올 것 같습니다." 하고는, "좌우지간 그 소리
한 번 더 듣고 그만둬도 그만둘 것입니다." 하고 그 누
구도 맡기 싫어하는 종두를 계속하겠다는 것이었습니
다.

나는 부처를 팔고 그대는 몸을 팔고

일본 임제종의 다쿠안(澤庵 : 1573~1645) 선사는 항상 마른 나뭇가지나 차가운 바위처럼 보여 한 젊은이가 짓궂은 생각이 들어 이쁜 창녀의 나체화를 선사 앞에 내놓으며 찬讚을 청하고 선사의 표정을 삐뚜름히 살피니 다쿠안 선사는 빵긋빵긋 웃으며 찬을 써 내려 갔습니다.

나는 부처를 팔고
그대는 몸을 팔고
버들은 푸르고 꽃은 붉고……
밤마다 물 위로 달이 지나가지만
마음 머무르지 않고 그림자 남기지 않는도다

수달과 사냥꾼

어떤 젊은 사냥꾼이 때마침 먹이를 찾아 물가에 나
온 수달피 한 마리를 잡아 껍질을 벗겨 기세등등 집으
로 돌아왔는데요 그 다음날 내버린 수달피의 뼈가 어
디로 걸어간 핏자국이 보여 그 핏자국을 조심조심 따
라가니 어느 동굴 속으로 들어갔는데요 그 어둑어둑한
동굴 속에는 전날 껍질을 벗기고 살을 발라낸 수달피
의 한 무더기 앙상한 뼈가 아직도 살아 다섯 마리나 되
는 자기 새끼들을 한꺼번에 감싸 안고 있었는데요 아
직 눈도 뜨지 않은 새끼놈들은 에미의 참상도 못 보고
젖을 달라고 칭얼거리고 있었는데요 사냥꾼이 사람이
아무리 지독하대도 그 에미와 그 새끼들을 보고는 살
수도 죽을 수도 없어서 그 새끼들이 자립할 때까지 에
미 수달피가 되었다는데요 그 기간이 3년이었지만 3겁
劫이나 된 것 같았다는데요 결국 세상 길 마음 길이 다
끊어졌다는데요 세상 길 마음 길이 다 끊어진 사람이
갈 곳은 절간밖에 없었는데요 절간에서도 몸에서 비린
내가 난다고 받아 주지 않았는데요 숯불을 담은 화로

를 머리에 이고 뜰에 서 있었는데요 정수리가 터지고
우레 소리가 진동했는데요 그때사 무외無畏라는 주지가
주문으로 터진 데를 아물게 하고 살도록 허락을 했는
데요 이름을 혜통惠通이라고 지어 주었다 해요. 물론 신
라 문무왕 때 있었던 일이지요.

노승과 도둑

절이라고 하면 산은 높고 골도 깊고 물도 맑아 그 부
근에 가면 기우뚱한 고탑 석불 그을린 석등 버려진 듯
한 부도 탑신 주춧돌 홈대 장독 무거운 축대 돌담 돌다
리 설해목 같은 것이 보이고 그래서 조금은 서늘하고
고풍스럽고 밤이면 폭포수 떨어지는 소리와 함께 날짐
승 산짐승들 울음소리로 하여 적막을 더해 줘야 하는
데 그렇지 못하고 어떤 도류道流들이 살다가 내버리고
간 그래서 담장은 진작 다 허물어지고 마당에는 풀이
무성한 파옥 한 채가 있었는데 언제 어디서 왔는지 한
노승(양실良實 : 1758~1831)이 그 파옥에 와서 살고 있
었는데 마을 사람들은 그 노승을 위해 노승이 외출을
한 사이 담장을 쌓고 풀을 뽑고 집을 깨끗하게 보수를
해 놓았는데 외출에서 돌아온 그 노승 왈,

"풀을 다 뽑아버렸으니 이제는 풀벌레 소리도 못 듣
게 되었군."

시큰둥한 표정이었는데 집을 보수를 해 놓으니 집주
인이 부자인 줄 알고 도둑이 들었는데 노승은 도둑에
게 줄 물건이 없어 입고 있던 옷을 홀랑 다 벗어 주고

알몸으로 마당가에 나와 둥근 달을 쳐다보고 밝아졌습
니다.

"저 아름다운 달까지 줄 수 있었더라면 얼마나 좋았
을까."

내 몸에 뇌신雷神이 와서

이날 내 몸에 미친 하늘 뇌신이 와서
세상을 다 때려 부수고 서천 번개로 가자 한다
번개 그 불빛만 봐도 나는 잘 갑시는데

이 모진 죽살이의 질긴 피죽 벗겨 보면
한 치 흙도 파지 않고 인도에도 묻은 지뢰
한 자국 높디딘 생각은 저 가교를 밟고 갔네

슬픔은 날이 날마다 낙엽처럼 쌓이는데
끝까지 달아봐도 끝내 모를 자유의 근량斤量
먼 훗날 홀로 남아서 오늘을 점두點頭할 바위도 없다

눈을 감아야 세상이 보이니

그러니까 한 20년 전 금릉 계림사 가는 길목에서 어떤 석수를 만난 일이 있었지요. 쉰 줄은 실히 들어 보이는 그 석수는 길가의 큰 바위에 먹줄을 놓고 징을 먹이고 있었는데 사람이 곁에 서서 "무엇을 만드십니까?" 하고 물어도 들은 척 만 척 대답이 없었지요. 그 후 몇 해가 지나 무슨 일로 그곳을 가다가 보니 그 바윗덩어리가 방금이라도 금구金口를 열 것 같은 미륵불과 세상을 환히 밝혀 들 사자석등으로 변해 있었는데 그 놀라움에 한동안 그곳을 떠나지 못했지요. 그로부터 십수년이 지난 어느 날 내설악 백담계곡에서 우연히 그 석수를 만났는데 "요즘도 돌일을 하십니까?" 하고 물어도 그 늙은 석수는 희넓직한 반석 위에 쪼그려 앉아 가만히 혼자 한숨을 삼키며 말이 없더니 "시님, 사람 한평생 행보가 다 헛걸음 같네요. 이날 평생 돌에다 생애를 걸었지만 일흔이 되어 돌아보니 내가 깨뜨린 돌이 일흔 개도 넘는데 그 모두가 파불破佛이 되고 말았거든요. 일찍이 돌에다 먹물과 징을 먹이지 않고 진불眞佛을 보아내는 안목이 있었다면 내 진작 망치를 들지 않았을 텐

130

데⋯." 이렇게 말끝을 흐려뜨리고는 한동안 허공을 바라보니 "시님, 우리가 시방 깔고 앉은 이 반석과 저 맑은 물 속에 잠겨 있는 반석들을 눈을 감고 가만히 들여다보시지요. 이 반석들 속에 천진한 동불童佛들이 놀고 있는 모습이 나타날 것입니다. 저쪽 암벽에는 마애불이, 그 옆 바위에는 연등불이, 그 앞 반석에는 삼존불이, 좌편 바위에는 문수보살님이⋯. 헌데 시님 젊었을 때는 눈을 뜨고 봐도 나타나지 않아 먹줄을 놓아야 했는데⋯. 이제 눈이 멀어 왔던 길도 잘 잊어버리는데⋯. 눈을 감아야 얼비치니⋯. 눈만 감으면 바위 속에 정좌해 계시는 부처님이 보이시니⋯. 징만 먹이면 징만 먹이면 이제는 정말이지 징만 먹이면⋯." 무슨 통곡처럼 말하고 무슨 발작처럼 실소하더니 더는 말이 없었지요.

너와 나의 절규絶叫

어린 나의 발걸음 헛기침 소리에도
피라미들이 물 위로 뛰어오르던 계류
어디로 다 흘러갔을까 불똥 같은 게 한 마리

너와 나의 애도哀悼

고향 가는 길목 마음 던져 놓은 돌담불도
오만 가지 헝겊들이 걸려 있던 당산나무도
그 어느 하늘로 갔습니까
어무이 아부지

탄생 그리고 환희
— 새해 동해 일출을 보며

동해 먼 물마루에는 불덩이가 이글거리고
해풍이 숨죽이는 아침 뜸 한 순간에
조산원 분만실에는 새 생명 첫 울음소리

새들이 소리도 없이 나래 펼쳐 올렸을 때
금빛 물기둥이 하늘 끝에 닿아 섰다
함성은 노도怒濤와 같이 밀려왔다 밀려가고

어항엔 돛을 올리고 멀리 거물거리는 고깃배들
동남풍의 뱃사람이 말이나 서북풍의 뱃사람 말이나
상앗대 다 놓아버린 늙은 사공 뗏말이거나

젖 물리는 얼굴 갓난이 숨소리 숨소리
겨우내 진노한 빙벽 녹아내리는 물방울들
홍조류 바닷말들도 한참 몸을 풀고 있다

들여우

한 사람은 무자화無字話* 속으로 걸어 들어가고
한 사람은 무자화 밖으로 걸어 나오고
두 사람 모두 만나보면 둘 다 들여우

---

* 무자화 : 조주스님께 "개에게도 불성佛性이 있습니까?" 하고 물었다. 이
에 조주스님은 무無, 없다고 대답했다. 『열반경』에 "일체중생실유불성"이
라 하여 모든 중생에게 다 불성이 있다고 했는데 조주스님은 왜 없다고 했
을까, 하는 의념이 곧 무자화이다.

삶에는 해갈解渴이 없습니다
— 황동규 시인의 시 「사라지는 것들」에 대한 동문서답

앞 들 열두배미의 논 물갈이 하는 날
삶의 끄트러기는 넉걷이 끝물 덩굴
잘못 산 내 모습 같아 서둘러 걷어내었다

논두렁도 봇도랑도 구불구불 흘러가고
쟁기날이 나도 함께 갈아엎은 무논바닥
멍에 목 어루만지면 써레질로 저문 하루

사람이나 짐승이나 허연 거품 무는 것은
모종내고 무넘기고 한 숨 돌릴라치면
그 사이 해갈의 몸에 상처 같은 엉그름

마지막 옷 한 벌

보화스님은 중국 당나라 선승인데 어느 때 이렇게 말했습니다.

"누가 나에게 옷 한 벌을 시주하십시오."

이 말을 들은 시도들은 너도나도 옷감을 떠다가 정성껏 지어 가지고 갔지만 보화스님은 고개를 흔들며,

"아니오. 나에게는 이런 옷이 필요 없으니 도로 가지고 가시오." 하고 그만 돌아앉아 버리는 것이었습니다.

이 소식을 들은 임제선사가 홀로 고개를 끄덕이더니 목수를 시켜서 빨리 새 관棺을 하나 만들게 하여 그 관을 가지고 보화스님 처소로 가서,

"자, 귀공을 위하여 새 의복을 한 벌 마련하였소이다."

하니 그때서야 보화스님은 희색이 만면하였습니다.

내가 죽어 보는 날

부음訃音을 받는 날은
널 하나 짜서
눈 감고 누워도 보고
화장장 아궁이와 푸른 연기
뼛가루도 뿌려 본다

육필시

제 자리걸음

霧山雪上銘

마을 사람들은 해 떠오르는 쪽으로
중僧들은 해 지는 쪽으로
죽자사자 걸어만 간다

한 걸음
안 되는 한뉘
가도 가도 제 자리
걸음인데

2007. 1. 23 낮

아득한 성자

雪嶽 조오현

하루라는 오늘
오늘이라는 이 하루에

뜨는 해도 다 보고 지는 해도
다 보았다고

더 이상 더 볼 것 없다고
알 까고 죽는 하루살이 떼

죽을 때가 지났는데도 나는
살아 있지만
그 어느 날 그 하루도 산 것 같
지 않고 보면 천년을 산다고 해도

성자는 아득한
하루 살이 떼

142

정지용문학상 수상특집

침잠과 일탈

김 남 조
(시인 · 예술원 회원)

지용회의 이근배 회장이 외국여행으로 부득이한 위임을 전해 와서 고은, 김윤식, 김재홍 선생 등과 본인이 심사의 서탁에 둘러앉았었다.

수상후보로 자료가 넘어온 시인은 모두 열 사람이었는데 이 중에서 1차 네 분을 취하였고 토의를 진행하여 조오현 시조시인에게 낙점의 일치를 얻게 되었다.

이분은 시인이자 승려이며 그의 작품 성향은 관조와 달관 쪽에 기울고 있다. 다른 말로 침잠과 일탈이 주조를 이룬다 하겠는 바, 그것의 위계가 매우 치솟아 있어 압도적인 수가 흔히 있을 것 같다. 근래엔 발표작품이 많고 타 잡지에서 접한 그의 특집류와 최근에 출시된 신작시집의 중후한 성과가 그의 수상을 더욱 든든하게 해준다 하겠다.

그의 시공부를 도와준 시의 스승은 없다. 그러나 삼라만

상의 그 모든 것이 스승이고 동문임이 틀림없다. '산색은 그대로가 법신法身이며 물소리는 그대로가 설법' 이라는 등의 설파를 그의 작품과 언행에서 읽게 됨이 바로 그 점일 터이다. 수상작인 「아득한 성자」에 있어선 하루가 전생全生인 하루살이가 뜨는 해와 지는 해를 보았기에 더 이상 볼 것 없다고 알 까고 죽는 짧은 생애의 풍요로운 충족을 읊고 있어 충격적이고, 시의 지평 확대를 아니 지적할 수 없다.

칠순의 중간쯤 연령인 이분이 후줄근한 승복차림으로 (도저히 도망칠 출구도 없어서) 거북하고도 수줍음을 타면서 무대에 올라 상을 받을 때 이 광경을 보게 될 우리는 뭔가 참으로 숙연할 것이라고 미리 그 감개가 예상된다.

삶 안에서 지금까지 너무나도 여러 가지를 포기해 오긴 했으되 남은 여생에 있어 불자의 정진과 함께 시 쓰는 일만은 결코 내려놓지 마십사는 한마디를 이 지면의 말미에 적어 오현 스님께 당부하고자 한다.

오현음伍鉉吟의 높이

고 은
(시인)

벽에 그림을 그려 두었더니
그 그림이 살아나서 그린 사람을 하염없이 기다리고 있게
되다니!
이 격외格外와 이 의외意外가
안개 자욱한 내설악
안개 걷히운 외설악을 아우르고
있게 되다니!

과연 오현음의 높이로다.

금릉에 걸린 한등寒燈

김 윤 식
(문학평론가 · 서울대 명예교수)

조오현 씨의 작품 「아득한 성자」를 대하고 있자니 마음 어지러웠소. 눈을 들어 지하 김 사백의 앞 글씨 '원각圓角'이 흘깃 엿보였소. 용기를 내어 이번엔 「아지랑이」를 마주했소. 마음 아물아물할 수밖에. 다시 눈을 들어 '원각'을 보니 '원각'은 그대로였소. 한 번 더 용기를 내어 「허수아비」 앞에서 보았소. 또 속은 것 같았소. 다시 또 눈을 들어 '원각'을 보니, 이번엔 '원각'에서 무슨 기척이 나지 않겠는가.

돌아보니 「어미」(『시와시학』, 2006. 겨울호)가 서 있지 않겠는가. 비로소 마음이 놓였소.

그 잘난 '심우도尋牛圖'도 아니고 그저 '어미소'에 지나지 않는 것.

아무짝에도 쓸모없는 뿔에 신기하게도 반쯤 이지러진

낮달 빛이 내리비치고 흰 구름이 걸린다. 다급하게 울어
쌓던 매미 한 마리 허공으로 가물가물 사라지고 남쪽으
로 벋은 가지에서 생감이 뚝 떨어진다. 두엄발치에 구렁
이가 두꺼비를 물고 있는 것을 보고 어미는 오줌을 질금
거리며 사립을 나선다. 당산 길 앞에서 그 어미가 주인
을 떠 박고 헐레벌떡 뛰어와 젖을 먹여 주던 10년 전 일
을 떠올리고 '음매'하고 짐짓 머뭇거리는 순간 허공에 어
른어른거리는 채찍의 그림자.

— 「어미」 부분

'원각'을 향해 목례를 보낸 것은 이 때문이오.

이번엔 문학에 목례를 보낼 차례. 문학이란 새삼 무엇이
뇨. 작품이 그 정답. 작품이란 또 무엇이뇨. 형식(양식)이 내
용을 규정하는 세계의 산물인 것. 「아지랑이」도 「허수아비」
도 형식의 산물에 지나지 않는 것. 이 나라 제일 오래된 형
식인 시조였던 것.

그러기에 그것은 한등寒燈이었던 것.

경북 김천(옛 금릉)에 사는 커다란 어떤 한등께서 「허수
아비」를 처받들고 있었던 것. 보시라. 「허수아비」가 한등 정
완영께 목례하는 표정을.

김감히 뻗어간 황악黃嶽
하늘 밖에 가 잠기고

금릉 빈 들녘에
흩어진 갈대바람

구만리
달 돋는 밤은
한등 하나 타더이다

　　　　　　　— 「한등-정완영 선생」 전문

백록담, 그리고 백담

이 근 배
(시인·지용회 회장)

생각의 삽질이 얼마나 깊어야 설악 하나를 다 퍼낼 수 있을까? 저 먼 사뇌가詞腦歌로부터 맥맥히 솟구쳐 내려온 내 나라의 가락이 백두대간이 높이 세운 설악에 부딪쳐 마침내 화두의 섬광 하나를 빚어낸다. 지용이 일찍이 한라에 올라 「백록담」으로 시의 새벽을 열더니 이제 백담이 눈을 뜨고 화답의 말문을 튼다. 조오현 시인은 윗대 선승禪僧들이 오랜 면벽面壁으로 산을 깎고 강을 메우던 게송偈頌을 넉넉히 익혀 고집스럽게 시조의 가락에 얹히는 올연兀然한 득음을 엮어 내고 있다. 시조를 썼던 지용이 "천년을 산다고 해도/ 성자는/ 아득한 하루살이 떼"의 종장에 눈이 가면 "어디 산밖에 산이 또 솟았구나"하고 파안하실 일이다. 무산 스님의 법어가 한라와 설악을 조응케 하는구나.

종교적 명상의 넓이와 깊이

김 재 홍

(문학평론가·경희대 교수)

올해 제19회 정지용문학상 수상 후보작으로는 예심을 거쳐 좋은 작품들이 많이 올라와 있었다. 그 중 원로 박희진 시인의 시집 『이승에서 영원을 사는 섬들(남해의 섬들)』을 비롯하여 마종기 시인의 시집 『우리는 서로 부르고 있는 것일까』, 김초혜 시인의 시집 『고요에 기대어』, 그리고 조오현 시인의 「아득한 성자」 외가 특히 주목의 대상이 되었다.

주지하다시피 박희진 시인은 노익장, 해가 갈수록 시세계가 확대·심화돼 감으로써 바람직한 원로 시인의 면모를 과시하여 관심을 환기하였다. 마종기 시인의 경우도 어느새 등단 50년을 넘어서는 시력을 바탕으로 더욱 활발한 정진을 보여 주어 주목을 끌었다. 또한 김초혜 시인도 오랜만에 시집을 상재하면서 작품 한 편 한 편에 각고 정진, 최선을 다하는 모습이 설득력을 불러일으키기에 충분하였다. 특히 비교적 단순한 형태 속에 최대한 말을 절약하면서 생에 대한 깊이

있는 성찰을 전개하고 있는 것은 정채로운 모습이 아닐 수
없었다. 조오현 시인은 최근 들어 활발한 작품활동을 전개하
면서 깊이 있는 오도悟道의 세계를 완성도 높게 형상화하고
있다는 점에서 주목에 값하였다.

  얼마간의 진지한 논의 끝에 우리는 조오현의 시 「아득한
성자」를 올해의 정지용문학상 수상작으로 선정할 수 있었
다. 첫째로, 정지용문학상의 선정원칙이 시인의 최근 작품활
동 내용에 주목하면서 예술적 완성도가 높고 낭송하기에도
적합한 작품을 한 편 가려뽑는 데 주안점을 두고 있기에 시
조로서 이 작품이 선정원칙에 손색이 없는 것으로 여겨졌기
때문이다. 둘째, 조오현 시인은 시조로 등단하여 활동하면서
도 「절간이야기」 연작을 통해 자유시로서도 일가를 개척하
여 왔고, 근년에 들어 특히 지난 해에는 시조와 자유시를 넘
나들면서 철학성과 예술성을 차원 높게 조화시키는 작품들
을 집중적으로 형상화했다는 점에서 관심의 대상이 되어 왔
다. 시 「아지랑이」 (『유심』, 2006. 겨울호) 외, 「오늘」 (『서정시
학』, 2006. 겨울호) 외, 「어미」(『시와시학』, 2006. 겨울호) 등
과 함께 시집 『아득한 성자』는 한 성과라고 할 수 있다는 점
에서 그러하다. 셋째로, 그것은 이 일련의 작품들이 이 근래
우리 시단에서 부족한 요소라 할 수 있는 종교적 명상, 즉 구
도의 넓이와 깊이를 보여 주고 있는 것으로 판단됐기 때문이
다. 만해 이래로 승려시인으로서 조오현 시인은 분명 괄목할
만한 성과를 보여 주고 있는 것으로 판단되기 때문이다.

  우리 문학사에서 불교문학의 전통은 참으로 오래고 길다.
특히 일제 강점기만 하더라도 한용운, 서정주, 조지훈, 신석
초 등을 비롯하여 분단시대 고은, 김지하에 이르기까지 현대

시의 순금부분을 차지해 왔다고 해도 과언이 아니다. 그러나 근래 들어 진정한 의미의 구도시집으로서 '상구보리 하화중생'의 높고 깊은 뜻을 심도 있게 형상화한 경우가 그리 많은 것은 아니다. 수상작으로 선정된 조오현의 「아득한 성자」, 「아지랑이」 등은 순간에서 영원을 보고 영원에서 순간을 읽어 내는 오도적 깨침을 날카롭고 섬세한 직관으로 꿰뚫어 보여 주고 있다는 점에서 의미를 지닌다. 흔히 말하듯이 '한 생각이 무량겁'이라고 하는 불교적 인식을 통해 삶의 본질이 순간과 영원, 현상과 본질을 넘나드는 데 놓여지며 하루를 살아도 의미 있고 보람 있게 또 가치 있게 살아가야 한다는 오도적 인식을 보여 주고 있는 것이다. 그야말로 "하루라는 오늘/ 오늘이라는 이 하루에// 뜨는 해도 다 보고/ 지는 해도 다 보았다고// 더 이상 더 볼 것 없다고/ 알 까고 죽는 하루살이 떼"라는 구절에서처럼 높고 깊은 생에 관한 통찰과 인식을 담고 있다는 뜻이다. 그러기에 하루살이야말로 아득한 성자, 즉 깨침을 완성하고 깨달음을 완성한 지점에서 장렬하게 적멸에 드는 부처님의 모습 그것이라 할 수 있지 않겠는가. 이처럼 조오현의 근작시에는 이슬방울 하나에서 영원을 보고, 모래 한 알에서 우주를 읽어 내는 구도적인 명상의 깊이를 보여 주고 있다는 점에서 근래 시단의 한 성과라고 할 수 있겠다.

　모쪼록 시인이 우리 시의 중심 광맥이자 숨겨진 순결부분이라고 할 불교적 사유의 무한한 세계를 더욱 호한하게 탐구하고 정교하고 깊이 있게 형상화해 감으로써 이 땅 현대시문학사에서 만해를 뛰어넘는 대시인으로 완성돼 갈 것을 기대하고 희망한다.

피모대각披毛戴角

*

조오현

　지금 파고다 공원에 있는 만해 스님의 비碑를 세울 때 통도사 경봉 스님이 만해의 유일한 제자인 춘성春城 스님에게 비를 세우게 된 경위를 설명하고 만해의 행장과 자료 같은 것을 달라고 편지를 보낸 일이 있었다.

　이에 춘성 스님은 "경봉 보시게. 우리 스님이 독립운동하다가 감옥가고 글을 쓰고 책을 찍어 낸 것, 사람들 모아 놓고 연설한 것, 그것이 우리 스님 비명碑銘이 아니겠는가. 돌한 덩어리 깎아 세운다고 비가 되겠는가. 부질없는 짓거리하지 말게. 나 우리 스님에 대해 아는 바 없네. 만구성비萬口成碑일세." 이런 내용을 답으로 보냈다.

　만구성비. 만인이 만해 스님을 받들면 그것이 만해의 비가 되듯 상賞이란 것도 작품이 좋으면 그 작품이 그대로 상아닐까. 작금 우리 시단에 진작 상을 받은 작품보다 상을 받지 못한 작품이, 독자들의 사랑을 받는 작품이 훨씬 더 많지 않은가.

소종멸적掃蹤滅跡, 모든 것을 포기해야 할 사람이, 부처니 깨달음이니 하는 것까지 다 내다 버려야 할 놈이, 시를 쓰고 상을 탐하여 상을 받게 된 것이 낯꿈이 아니니 시방 내가 묵형墨刑을 받는 것 같다. 분반噴飯, 밥알이 입 밖으로 튀어나오는 것만 봐도 내 시는 아직 누구의 가슴에도 상이 되지 못한 것이 아닌가 말이다.

죽을 때가 되니 피모대각, 몸에 털이 나고 머리에 뿔이 돋는구나.

등걸불
— 시자에게

지금껏 씨떠버린 말 그 모두 허튼 소리
비로소 입 여는 거다, 흙도 돌도 밟지 말게
이 몸은 놋쇠를 먹고 화탕火湯 속에 있도다

아득한 성자

1판 1쇄 펴낸날 2007년 5월 25일
1판 11쇄 펴낸날 2023년 10월 20일
—
지은이 조오현
—
펴낸곳 시와시학
펴낸이 송영호
대표 김초혜
—
주소 서울특별시 동대문구 망우로21길 45 2층 202호
전화 02-744-0110(대표)
        010-8683-7799(핸드폰)
전자우편 sihaksa@naver.com(회사)
            sihaksa1991@naver.com(편집부)
—
출판등록 2016년 1월 18일
등록번호 제2021-000008호
—
ISBN 978-89-91914-25-4 (03810)
값 15,000원